Die werte *Lady* lässt sich gern...

4

Monaka Morinaka

INHALT

STORY

◆ Momoko, das wohlbehütet aufge-
wachsene Fräulein und ihr Privatlehrer
Natsuki sind ein Liebespaar. ♡ Jeden
Tag erteilt er ihr neue lüsterne Lektionen und Momo ist mehr als zufrieden
damit, dass er sie sein eigen nennt.

◆ Doch die traute Zweisamkeit wird von
Natsukis Bruder Haruichi gestört, der
aus dem Ausland zurückgekehrt ist. Als
der Maler sieht, zu was für einer Frau
Momoko herangereift ist, entwickelt er
Interesse an ihr und sperrt sie in seinem
Hotelzimmer ein, um sie dort zu küssen!

◆ Ihr geliebter Natsuki kann sie retten,
doch zu spät – jetzt, da sie bereits von
Haruichi befleckt wurde, befürchtet sie,
dass Natsuki sie nicht mehr will. Als
dieser sie beruhigt, beschließt sie, sich
bei ihm auf besondere Weise zu revan-
chieren …

Momoko Hojo ◆ Ein junges
Fräulein, das an einer berühm-
ten Frauenuniversität studiert.
Sie ist stets bemüht, für Natsuki
eine elegante und vornehme
Lady zu sein.

Natsuki Ayakura ◆ Momokos
Kindheitsfreund und Nachhil-
felehrer. Obwohl er behauptet,
Momoko zu einer unschuldigen
Vorzeigedame erziehen zu wollen, erteilt er ihr alles andere als
unschuldige Lektionen …

15.
KAPITEL

»Ich liebe es, wenn du dich bemühst, so elegant wie möglich zu sein!«

...und dass er mich nicht mehr haben wollen würde!

...dachte ich, dass ich nicht mehr die elegante Frau werden könnte, die Natsuki sich wünscht...

Als mich Haruichi berührte...

KÜSS

KÜSS

Natsuki...

4

Hn
...

Doch Natsuki hatte nur liebevolle Worte für mich ...

Momo
...!

RASCHEL

RASCHEL

Das macht mich so glücklich.

Moment?!
Was ist denn das?!

Dotz

Irgendwas ganz Hartes ...

FX
*,'
.'*

PLUMPS

Oh nein!

Ich will Natsuki auch schöne Gefühle bereiten.

SCHRECK

... da un-
ten ganz
hart.

Natsuki,
du bist ...

Ich
wollte
nicht so
direkt ...

Äh,
warte,
ich ...

He
he ...

SCHÄM

SCHÄM

Ist dir
das bisher
noch nie
aufgefal-
len?

Nein!

Ist das
bei dir immer
so?

Muss ich
mir Sorgen
machen?

Wenn ein Mann ...

!!

UWAAAH

... erregt ist ...?

Weißt du, wenn ein Mann erregt ist, verändert sich ein Teil seines Körpers.

Und wenn du mich dort anfasst, fühlt sich das gut an.

Heißt das ...

Erröt

...

Trän

Trän

Ich würde mich so freuen ...

... es fühlt sich gut an?

!

Rutsch

... wenn ich dir schöne Gefühle bereiten könnte.

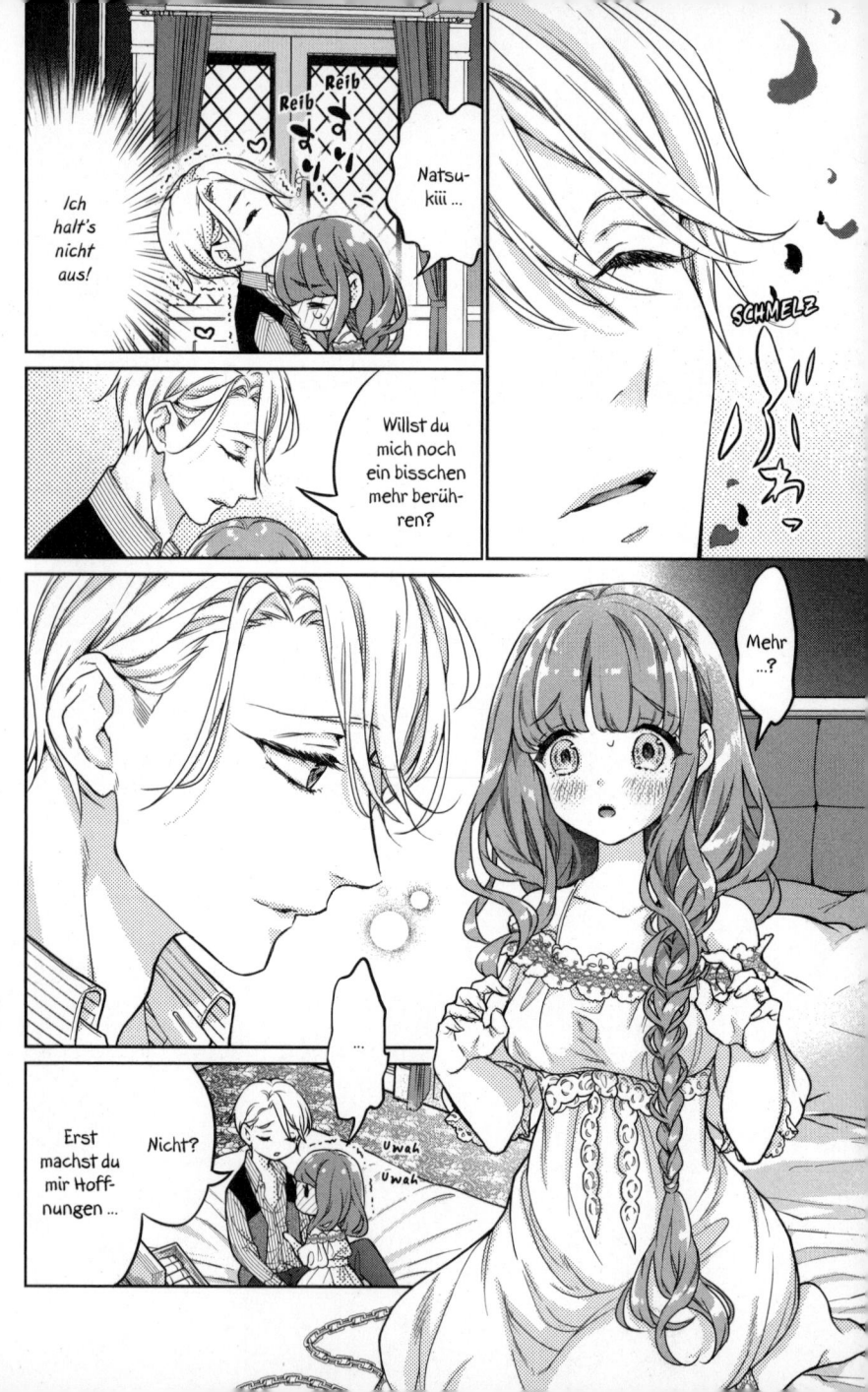

Reib
Reib

Natsu-kiii ...

Ich halt's nicht aus!

SCHMELZ

Willst du mich noch ein bisschen mehr berühren?

Mehr ...?

...

Erst machst du mir Hoffnungen ...

Nicht?

U wah
U wah

... wie sie sonst ...

KÜSS

Ah

... keine andere Frau auf der Welt spüren kann.

Ich werde mich dir völlig hingeben ...

... um dir Gefühle zu bereiten ...

SCHIEB

...

KÜSS

Es gibt eine Art der Lust, die man nur durch die völlige Hingabe eines anderen spüren kann.

... weil ich dich nie mehr gehen lassen will.

Die Fessel habe ich dir angelegt ...

Aber natürlich!

Verstehe.

Willst du, dass ich glücklich bin, Momo?

Wenn du dich also ...

... nicht anstrengst, werde ich irgendwann sterben, ohne diese Lust je gespürt zu haben.

Ich werde mein ganzes Leben mit dir verbringen.

Trän Trän

D... Das will ich nicht!

Du sollst glücklich werden und alles spüren, was du zu spüren wünschst!

SCHRECK

Ich werde mein Bestes geben!

... und merk dir gut, was mir gefällt.

Dann berühre mich ...

Ja ...

küss

Ja!

küss

Wenn du mich nicht direkt berühren willst ...

... Natsuki so glücklich machen kann wie ich!

Ich will, dass niemand ...

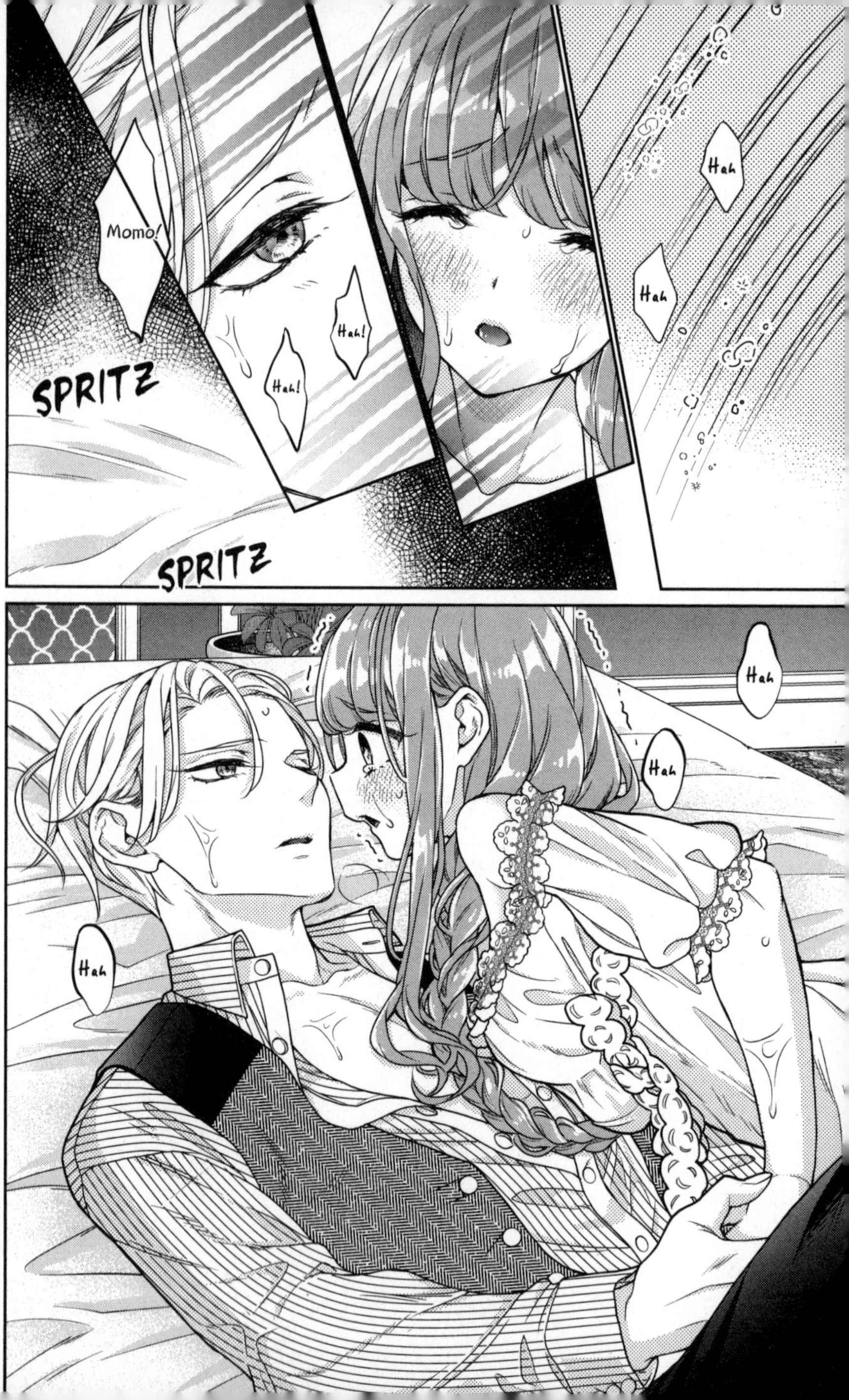

Hah
Hah
Hah!
Hah!
Momo!
SPRITZ
SPRITZ
Hah
Hah
Hah

!!!

KÜSS

KÜSS

Das passiert, wenn ein Mann besonders erregt ist.

Wenn ich das in dich hinein-spritze, entsteht ein Baby.

Uwah

Uwah

Uwah

Mir war nicht klar, wie es wirklich abläuft.

Aber ich hab das nur in der Schule gelernt!

Ich erinnere mich!

Wie im Bio-Unter-richt!

Keine Sorge, das ist nicht vulgär ...

... sondern sehr ehr-würdig!

Zitter zitter

Fühlt sich an, als wäre ich ...

... mit einem der innersten Geheimnisse der Welt in Berührung gekommen.

...zu vulgär für ihn zu werden.

Ich hatte befürchtet, durch all das ...

Damit ist Schluss!

Okay!

...

He he ...

Ab jetzt werde ich voller Hingabe alles für ihn tun!

Dein Baby wäre bestimmt süß.

Mir hätte es gereicht ...

... wenn sie mir ihre Jungfräulichkeit schenken wöllte.

Tut mir leid ...

War das zu forsch?

... und sagt so etwas unfassbar Entzückendes!

Doch sie geht einen Schritt weiter ...

Ja ...

Dann müssen wir aber erst mal Sex haben.

Jetzt bist du ganz feucht geworden.

Nh...

Ich hab dich zu sehr auf die Folter gespannt.

Nächstes Mal bin ich an der Reihe, dich zu verwöhnen.

Ah

Wir haben uns versprochen, miteinander zu schlafen.

Ach, Momo ...

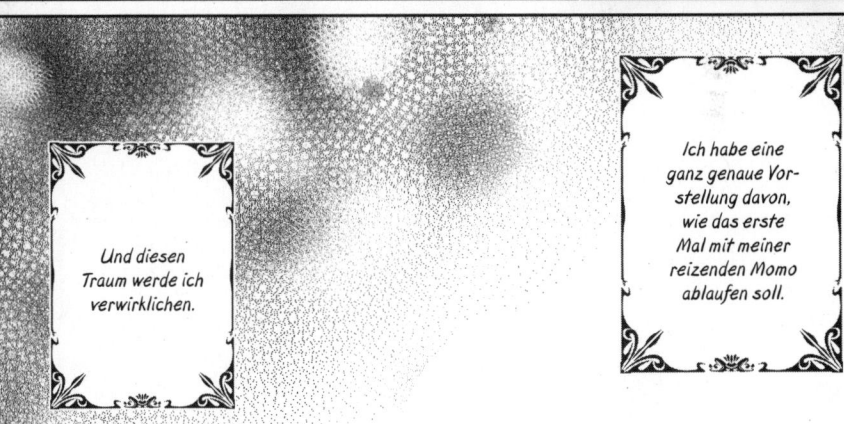

Und diesen Traum werde ich verwirklichen.

Ich habe eine ganz genaue Vorstellung davon, wie das erste Mal mit meiner reizenden Momo ablaufen soll.

Die nächste Comicpause kommt nach Kapitel 16!

16.
KAPITEL

WOSCH

Flughafen

Klack

Klack

Natsuki!

Natsuki und ich fliegen heute ...

... für zwei Wochen nach Europa.

Gern!

Willst du was trinken?

POCH
POCH
POCH

...

»Lass uns miteinander schlafen!«

Der Grund für unsere Reise? Na ja ...

POCH

POCH

ZITTER ... ZITTER

... ist Sex.

KÜSS

Hm?

N...

Natsuki?

Ähm ...

ZITTER

ZITTER

Ich wäre auch glücklich damit ...

... es einfach hier zu tun.

Warum müssen wir dafür unbedingt verreisen?

Da könnte ich dich glatt hier und jetzt vernaschen!

Was sagst du da wieder für süße Sachen?

Es muss so sein.

Sag doch bitte, warum ...

A... Aber Natsu-ki ...

Momo ...

... das an einem besonderen Ort stattgefunden hat.

Ich will, dass du es dir als etwas Besonderes einprägst ...

Weil es um etwas Wichtiges geht.

...!

Ah ...

STREICH
STREICH

Damit du dich in Zukunft ...

... immer wieder ...

... gern daran erinnerst.

ZITTER
ZITTER

Es ist wie ein Traum ...

Ich will ...

Deshalb habe ich ihren Körper Schritt für Schritt ...

... lüsterner gemacht.

Vrrrr

... Momo ...

... das schönste erste Mal bereiten, das man sich wünschen kann.

Das ist mein Traum.

SCHWELG

Ich werde sie den besten Sex erleben lassen, den sie sich wünschen kann ...

DRÜCK

... und die Bindung zwischen uns weiter stärken ...

KÜSS

... damit sie sich nie wieder von mir trennen will.

Genau!

Wir sind Leine Nacht in Helsinki, oder?

Die Ärmste ...

Ein bisschen pervers hab ich sie ja schon gemacht.

Mit harmlosen Sachen wird sie sich nicht zufriedenge-ben.

Prag, Tschechische Republik

*Bald wird sie noch ab-
hängiger von
mir sein.*

TSCHILP
TSCHILP

Wow!

Wir waren in unserer Kindheit und Jugend oft hier.

HAH

HAH

Vor lauter Freude bin ich ganz aufgeregt ...

Natsukis Familie und meine sind meist zusammen verreist.

FREU

FREU

Eingelegte Pflaumen

Und stets ...

... übernachteten wir in diesem Hotel.

Wir haben uns Opern angesehen ...

... und wie in einem Märchen gelebt.

Am meisten liebe ich dieses Hotel, das sich wie ein Schloss ...

... über den Fluss erhebt.

Ich kann das nicht ...

Oh!

Hoppla!

Ähm ...

Ähm ...

Momo?

Natsuki sieht so männlich aus.

Und je mehr ich ihn ansehe ...

... desto öfter denke ich an schmutzige Dinge.

Umstieg in Helsinki

Ich war die ganze Zeit so angespannt, dass ich vor Erschöpfung sofort eingeschlafen bin.

Huch?

Prag

Vor Prag ...

... haben wir eine Nacht in Helsinki übernachtet.

Das kann so nicht weitergehen!

ZZZ

ZZZ

Momo?

Patamm

Ich darf nicht die ganze Zeit so angespannt sein ...

Raun

Raun

... nur weil es heute Abend vielleicht passieren könnte!

Hm?

Ähm, Natsuki ...?

Raun

Raun

SCHÄM

Würdest du mir verraten ...

Ich würde gern darauf vorbereitet sein.

... wann wir es tun?

Komm doch mal kurz her.

Oh nein! Mir ist ...

Also ...

... pass auf, Momo. Mit dem Sex ist es so ...

J...Ja?

SCHIEB

In Hel-sinki ...

... gar nicht aufgefallen ...

... dass es schon angefangen hat.

ZITTER ZITTER

So was können wir hier nicht tun!

Die Leute ...

Natsuki!

He he ...

Hey?!

Hier ...

GLEIT

... braucht es ein langsames Vorspiel.

... und es genießen kannst ...

Damit du diese Angst verlierst ...

Und wie funktio- niert das?

Es fühlt sich nämlich nicht gut an ...

... wenn du zu aufgeregt und ängstlich bist.

RAUN RAUN

Bis zum Sex musst du ...

... noch ein bisschen angeheizt werden.

SCHRECK

Ein ... Vor- spiel?

58

Ah, der Vorhang geht auf.

PRUST

Posad'te se ... (Bitte nehmen Sie ihre ...)

Představení brzo začne. (Die Vorstellung beginnt in Kürze.)

A... Ange-heizt?!

Wollen wir uns setzen?

Was meint er damit?

Schließlich will ich ...

... gut vorbereitet sein!

Wie soll ich das anstellen?

Ich frag ihn nach der Vorstellung.

Momo meinte ...

STREICH

Aber ...

... ich bin trotzdem noch unsicher.

... dass sie mich...

Weil ich glaube, dass meine Liebe zu ihr größer ist als ihre zu mir.

Komm her.

... trotz meiner perversen Neigungen liebt.

Ich muss sie ...

?

...

...nicht mehr anders kann, als nach Sex mit mir zu verlangen.

Ich will sehen, wie sie in ihrer Jungfräulichkeit...

...bis schließlich jede Vernunft aussetzt...

...und sie mich unter Tränen anbettelt, mit ihr zu schlafen.

Hah...

Hah...

Ah...

Hah...

Hah...

Erst dann werden wir unser erstes Mal haben.

Auf diese Weise wird sie von mir abhängig...

...und für immer bei mir bleiben.

Na...

Jetzt?!

Die Leute hinter uns kommen eh nicht.

Du musst ...

... so schnell wie möglich versauter werden.

Natsuki, warum ...

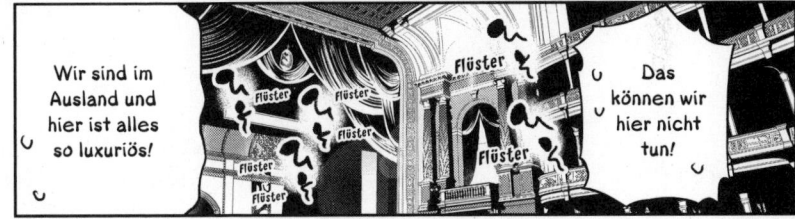

Wir sind im Ausland und hier ist alles so luxuriös!

Flüster *Flüster* *Flüster* *Flüster* *Flüster* *Flüster* *Flüster* *Flüster*

Das können wir hier nicht tun!

Sie ist so zuckersüß!

Hm ...

Stimmt.

Aber ...

Die Leute hier würden glauben, dass alle Japaner pervers sind.

... solang man dich nicht stöhnen hört, ist alles gut.

Das klingt viel zu edel für mich.

Hn ...!

Du schaffst das.

Denk also daran, den guten Ruf der Japaner im Ausland zu wahren ...

Uh

Uh

...während ich dich für das erste Mal trainiere.

Hn ...

Hn!

... werd ich dich mit meinen Fingern zum Höhepunkt bringen.

GLITSCH

Als Erstes ...

Nicht ...

Während die anderen Menschen hier einer ernsten Oper lauschen ...

... und wieder ein bisschen versauter werden.

Flüster
Flüster

... wirst du kommen ...

Nein ...

Darf ich das mit deinem auch machen?

In dieser Szene wird ihr der Hintern versohlt!

Oh?

Waaas?!

Nein!
Schüttel
Schüttel
FLÜSTER
FLÜSTER
Das geht nicht!
Nein? Schade.
Wäre bestimmt zu laut.
Dann stell dir einfach vor ...
FLÜSTER
... wie ich dir den Hintern versohle.
Patsch!
GLITSCH
Patsch ...
ZUCK
Dein Körper erinnert sich daran, oder?
Ah ...
Hn ...

Nein ...

TRÄN

Das ist so peinlich, und gleichzeitig ...

PATSCH

Ah!
...

Ah!

PATSCH

Hnnn
...

ZUCK
ZUCK

GLITSCH

GLITSCH

ZUCK

Hnnn
...

FLÜSTER

Brav.
Gut so.

... fühlt es sich so gut an!

Hnnn!

So unglaublich gut ...

Hn ...!

GLITSCH

GLITSCH

ZUCK

ZUCK

RUTSCH

ZUCK

Flüster Flüster

Entschuldige ...

... aber der Gesang war so laut, dass man dich nicht hören konnte.

Ah ...

Ah ...

ZUCK

KNICK!

Ah ...

Aaah ...

ZUCK

Aber du ...

ZUCK

A...

SCHIEB

Flüster

Flüster

Du kannst ... ... doch nicht ...

Es war, als ob du mitsingen würdest, Momo.

Das wun-
derschöne
Bühnen-
bild ...

... all die
Mechanis-
men ...

Die
wunderbare
Musik und der
Gesang ...

... die
leiden-
schaftliche
Geschich-
te ...

Uh
...

UUUh
...

GLITSCH

GLITSCH

Hah
...

Hah
...

Zitter

Zitter

Dann haben
sie es kom-
biniert ...

... und daraus
ein perfektes
Stück er-
schaffen.

FLÜSTER

FLÜSTER

Aus schier
unendlichen Mög-
lichkeiten haben die
Künstler das Beste
ausgewählt.

Hn ...

Hn ...

Hast du auch Ansprüche an den Sex?

!!

N... Nein, ich ...

Ich weiß nicht ...

Ich habe viele Ansprüche ...

I... Ich kann mir ja gar nicht vorstellen, was man ...

... überhaupt macht.

Solang ich ihn mit dir ...

... haben kann, bin ich zufrieden.

... und Momo keine.

Sie kann es sich nicht mal vorstellen.

Schließlich hab ich dafür gesorgt, dass sie nichts davon erfährt.

Dacht ich's mir doch.

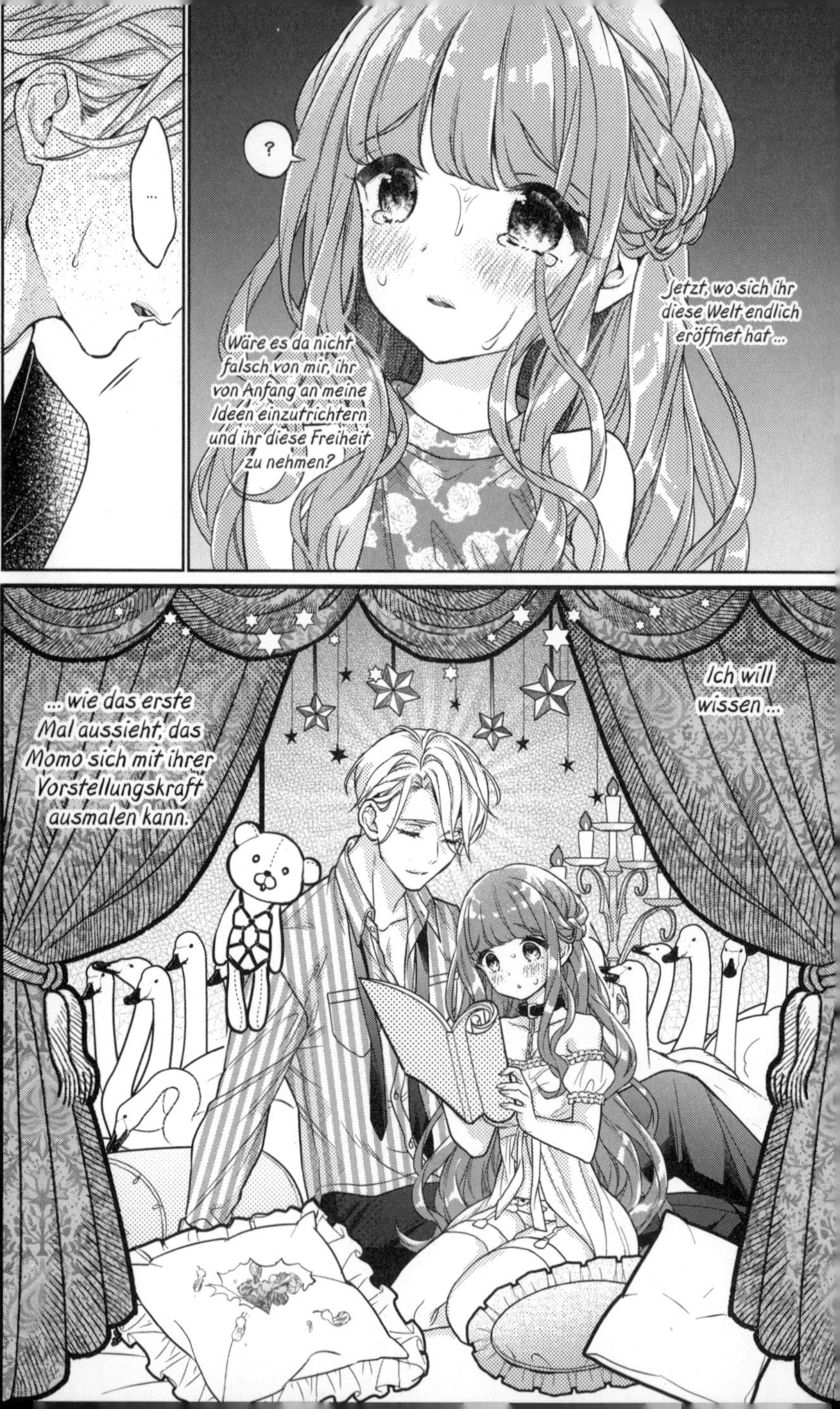

?

...

...

Wäre es da nicht falsch von mir, ihr von Anfang an meine Ideen einzurichtern und ihr diese Freiheit zu nehmen?

Jetzt, wo sich ihr diese Welt endlich eröffnet hat ...

... wie das erste Mal aussieht, das Momo sich mit ihrer Vorstellungskraft ausmalen kann.

Ich will wissen ...

Ich hätte beinahe einen schweren Fehler begangen.

Es gibt nur diese eine Chance ...

...jetzt, wo sie noch keine Erfahrung hat.

Was bin ich nur für ein Dummkopf.

Wie?

... und diese Möglichkeit muss ich auch ihr einräumen.

Ich werde dir eine kleine Hausaufgabe geben müssen.

Ich habe jahrelang darüber fantasiert, wie mein erstes Mal mit Momo aussehen könnte ...

Einschlafhilfe

Wenn Momo nicht einschlafen kann ...

STREICHEL
STREICHEL

... streichelt Natsuki sie.

Umgeben vom Duft des Mannes, den sie so liebt ...

ZZZ ZZZ

... fällt Momo in Sekundenschnelle ...

... in Tiefschlaf.

Süß.

Jetzt kann ich sie befummeln.

Natsuki beobachtet sie dabei die ganze Zeit.

MURMEL MURMEL

Badehilfe

Okay!

Ich gehe ins Bad!

BATAMM

Vielen Da...

Hm?

Ich helf dir beim Ausziehen.

Badezimmer

Ich reib dich mit der Seife ein, die wir vorhin gekauft haben!

Du willst ...

Wa...

Hoch die Hände!

... dass ich das selbst kann!

Morgen frag ich wieder!

Aber ...

Ich hab doch gestern schon gesagt ...

Jeden Tag dasselbe

Momo: Er hat mich zwar schon mal eingeseift, aber da war ich ein bisschen neben der Spur! Normalerweise ist mir das zu peinlich.

17.
KAPITEL

Sieben Jahre zuvor

Natsuki!

Klack
Klack
Klack

Mit Momo ...

... will ich es so halten ...

Mondschau

Ja!

Der Mond ist heute wunderschön, oder?

Hallo!

Hast du mittlerweile eigentlich eine Freundin?

Ähm, hast ...

Solang sie noch nicht 20 ist, offenbare ich ihr meine Gefühle nicht.

Ich beobachte zunächst nur, wie sie zu einer unschuldigen Frau heranreift.

ERLEICHTERT

Ach, nur so ...

Nein, wieso?

Es gibt viele Dinge, die ich vorher auskosten kann.

Natsuki scheint nicht da zu sein.

LÄCHEL

Schließlich kann ich diesen Gesichtsausdruck ...

... nur genießen, solang wir nur Freunde sind.

Freu

Ist sie etwa erleichtert?

Knuddel

Knuddel

Du musst mir deinen Vorschlag für das perfekte erste Mal machen.

?!

... ist Natsuki irgendwie verändert!

Seit dem Opernbesuch ...

Aber ...

Ich meinte doch, dass ich zufrieden bin ...

Das reicht nicht.

... solang ich es mit dir erleben kann!

KLACK

... sondern dass unsere Liebe eine unauslöschliche Er- innerung in Momo hinterlässt.

Ich will nicht einfach nur normalen Sex ...

... das aus- wählen, was dir am bes- ten gefallen könnte.

... und aus all den Möglich- keiten ...

Und natürlich auch in mir.

Oder das!

Das zum Bei- spiel!

Ah!

Was auch immer dir erotisch erscheint.

Du musst dir vorstellen, wie unser ers- tes Mal sein könnte ...

Schließlich kannst du diese wertvolle Perspektive ...

Ich will wissen, welche Vorstellungen du als Jungfrau hast.

... nur jetzt noch mit mir teilen.

D... Das stimmt ...

Verdutzt

Wertvoll?

Bestimmt!

Hör zu, Momo ...

Ob ich solche Vorlieben in mir entdecken kann?

Das Wichtigste ist nicht das Ergebnis, sondern der Weg, der dahin führt.

Okay.

SCHLUCK

Du hast keine Zeit, die Gefühle zu genießen ...

... zieht alles wie ein Sturm an dir vorbei.

Wenn du nicht aufpasst ...

Waaah

... und die Erinnerung verblasst gleich wieder.

Was könnte mir gefallen ...?

... wird ...

Das zum Beispiel ...

Hah ...

Hah ...

... Gedanken machst ...

Wenn du dir zuerst über deine Vorlieben ...

Hah ...

... der Sex sich am Ende ...

... oder dies ...

... völlig anders für dich anfühlen.

DRÜCK

Lass uns zusammen etwas Besonderes erleben.

Es wird wie ein Ritual nur für uns zwei sein.

Ach so!

Erkenntnis

BLITZ

BLITZ

BLITZ

J...

Ja ...

ZUCK
ZUCK

Momo?

Das ist ein wichtiges Ritual für ein Paar!

Ich denke so gut ich kann darüber nach!

Tut mir leid ...

Mir war nicht klar, dass wir zusammen daran arbeiten müssen!

Ich muss mir alle Mühe geben!

Komm.

Heute kannst du ...

...ja davon träumen, wie wir zwei es tun werden.

RUTSCH

POCH POCH

Okay, ich komme!

Dass wir so zusammen einschlafen können ...

Hm?

STARR

D... Das ist so schön!

He he ... Wie süß.

Sonst war ich immer so fertig ...

Jetzt muss ich mir ernsthaft Gedanken machen!

... dass ich sofort weggedöst bin.

...

Natsuki hat mir ja erklärt ...

... dass er da unten sein Ding reinsteckt.

Aber wie genau ...

... läuft Sex denn ab?

Wie muss ich mir das vorstellen?!

TSCHILP
TSCHILP

Und dann ...?

Zitter

Zitter

Am Tag darauf

Stimmt!

Von hier aus sieht man den Uhrenturm gut!

Wunderschön!

Zucker-süß!

LÄRM

LÄRM

Die Kleider dieser Marken stehen dir ausgezeichnet!

Oh ...!

Wow, so ein hübsches Kleid!

Wir haben so viel Spaß in Prag!

Wie süß!

Zieh das doch auch mal an!

Aber Natsuki freut sich so.

Irgendwie peinlich ...

... dass ich mir sogar die Kleider aussuchen lasse.

Seufz

Du bist so hübsch, dass ich am liebsten gleich über dich herfallen würde!

Ehrlich gesagt ...

... fällt es mir etwas schwer ...

Schreck

Ach ja, Momo ...

Hast du mittlerweile eine Vorliebe entdeckt?

ZZZ
ZZZ

KÜSS
KÜSS

Ah, na klar!

Am besten, ich gebe dir ein einfaches Beispiel.

Rollen-spiele?

Dornrös-chen zum Beispiel!

Natsuki plant insgeheim schon ein höchst perverses Rollenspiel.

Ich liebe Dornrös-chen!

Dann bist du jetzt die Prinzessin, okay?

Hm ... Vielleicht nicht ...

Welche Rolle über-nehme ich denn?

Ja!

... die des Prinzen, sondern die des Hexers, der Dornröschen verflucht.

102

So ist es gut.

Auf diese Weise können wir unseren Sex ganz an deine Vorlieben anpassen.

... und die Prinzessin wartete sehnsüchtig darauf ...

... dem Prinzen ihre Jungfräulichkeit zu schenken.

Die beiden kennen sich von Kindesbeinen an ...

Fällt dir noch mehr ein?

An meine ...

... Vorlieben ...

!

Prinzessin ...

Ein böser Hexer hat Euch zu ewigem Schlaf verflucht ...

Ah ...

KÜSS

KÜSS

KTCHU

Aber Momo ...!

BLINZEL

PUH

Das geht doch nicht.

Hah ...

Hah ...

Hn ...

KTCHU

KÜSS

SCHLECK

SCHLECK

Prinzes-
sin ...

ZUCK

Ah!

Die
sind doch
schmut-
zig!

Nicht
meine
Füße ...

... bis ich
nicht gekom-
men bin.

Ah
...!

Aber
ich bin
Dörnrös-
chen ...

... und
darf nicht
aufwachen ...

Hn
...

... spüre ich nur,
wie seine Zunge
über meinen
Körper gleitet.

Weil ich
die Augen
geschlossen
habe ...

DRÜCK

Wa...

Wackel

Meine Brüste ...

Was macht Na-tsuki da?!

RUBF

?!

Mit geschlossenen Augen lausche ich ...

... Natsukis erregtem Atmen ...

... bis ich schließlich wehrlos zum Höhepunkt komme.

Wer hätte gedacht, dass es solche wunderbaren Möglichkeiten gibt.

18.
KAPITEL

Das ... werde ich.

... muss für Natsuki herausfinden, wie ich ...

.. mir das perfekte erste Mal vorstelle.

Ich ...

Ah ...

Als Dornröschen darf ich ...

.. meine Augen nicht öffnen, bis ich komme.

Hn ... Hn ...

Aber, weil mir das schwer fällt ...

... zeigt er mir ein mögliches Szenario nach dem anderen.

Du bist Dornröschen ...
... und ich der lüsterne Prinz.
Bis du kommst ...
... musst du alles über dich ergehen lassen, was ich mit dir anstelle.
Ah ...
Ah!
Ja ...
Auszieh
?!
Was?
Er zieht mein Höschen aus?
Aber ...!

Du bist wunderschön, Prinzessin.

Einfach ein Traum ...

Ich will nicht, dass er sich alles ansehen kann ...

... und dann am Ende enttäuscht ist.

Dein Körper ist gleichzeitig ein Objekt der Lust und der Kunst ...

Was habe ich nur für ein Glück ...

... dich mein nennen zu dürfen.

Wie hübsch ...

Hm ...

Hat er da gerade ...

...

... von meinen Brüsten gesprochen?

Ah ...

Ah!

Wie schön ...

... dass sie ihm gefallen ...

Wind Wind

Aber ...

... um ihm zu zeigen, wie glücklich ich bin!

Poch Poch

Ich würde ihn so gern umarmen ...

Ich liebe Natsuki ...

... macht mein geliebter Prinz ...

... mit meinem Körper, was er will.

Hah ...

Bitte lass mich kommen!

Hah ...

Ah ...

ZUCK

ZUCK

ZUCK

Ich kann nicht mehr.

Bitte ...

Ah ...!

KÜSS

Hn ...

KÜSS

He
he ...

Jetzt ist sie
wirklich ein-
geschlafen.

Schlapp

Hah
...

Hah
...

Aaaaah!!

Meine
süße Momo
...

Hm ...

Eigentlich
wollte ich mehr
ihrer Vorstel-
lungskraft
überlassen ...

Aber am Ende
hab ich mich
doch zu viel
eingemischt.

Oh! Bist du
wach, Prin-
zessin?

Hn ...

Ich weiß nicht ...

Ein Verlangen?

Verspürst du irgendein Verlangen?

!!

... mir vorstelle, nach was ich verlange ...

... sehe ich nur Natsuki vor mir.

Wenn ich ...

136

GAAAAAH!

Momooo ...

Ich bin mir nicht sicher, aber ...

...

Momo?

Aber ich will elegant sein ...

... trotzdem jegliche Hemmungen verlieren ...

... und viel weinen, glaube ich.

!!

Und viel weinen?!

... und doch hemmungslos?

Du willst elegant sein ...

Wie reizend ...!

So sieht also das Verlangen aus, das tief in Momo schlummert!

19.
KAPITEL

Elegant ...

Hemmungs-
los ...

Und du
willst viel
weinen ...

Ist dir
etwas für un-
ser erstes Mal
eingefallen?

*Natsuki
liebt es, wenn
ich elegant
bin ...*

*... und er
sieht es
gern, wenn
ich weine.*

Das finde ich unglaublich toll.

So wünsche ich es mir!

...

Außerdem bringt er mich mit seinen Ideen dazu ...

... meine Hemmungen zu überwinden.

Aber ...

Sie will elegant und gleichzeitig hemmungslos sein?

Wie süß sie ist.

...

...

!!

?

Könntest du mir das etwas genauer erklären?

Was meinst du mit hemmungslos?

Das klingt so abstrakt! Und es widerspricht sich!

Meine ...

Aber als Beispiel ...

Das fällt ihr also schwer.

Ja?

Ich kann es nur schwer genauer ausdrücken.

... sie massieren und ablecken würdest.

Meine Brüste ... ich fände es schön, wenn du ...

... so toll fandest.

... glücklich gemacht, dass du sie ...

Es hat mich vorhin sehr ...

Ah...

...müssen wir noch etwas an ihr arbeiten.

...damit ihr das gelingt ...

Ich glaube ...

Hn!

Hn...!

DRÜCK

DRÜCK

Aaah!

Wenn wir es jetzt gleich versuchen würden, würde sie einfach nur hemmungslos werden.

DREH

Süß.

Ah!

Natsu-ki ...

Wie schön!

Sie freut sich.

Ah! ...!

Ah!

Um diese Lust bis zum Äußersten auszureizen ...

ZUCK

... und die unbeschreibliche Lust, die damit einhergeht ...

Um den Sex zu finden, nach dem sie sich sehnt ...

Ohne das nötige Training ...

ZUCK

LUTSCH

KÜSS

...bleibt ihr Wunsch nur ein Traum.

148

Quassel!

Es wäre die reinste Verschwendung gewesen, das nicht in vollen Zügen zu genießen!

Quassel!

Hah ...

Hah ...

Ha Ha ...

Ah ...

Unglaublich, dass ich diese Freude beinahe versäumt hätte!

QUASSEL

Und? Wie ist es?

Fein!

Total lecker!

QUASSEL

...

!!

Argh!

Wamm

Mist, erwischt!

Was hast du hier verloren?

ZERR

KNRRR KNRRR

Hör mir doch zu!

Aua! Aua!

Ah! Nein!

Willst du Momo wieder was antun?

KNRRR

KNRRR

Natsukis Bruder Haruichi

Beruf: Maler

Vor einer Weile hat er Momo aus Neugier angebaggert.

Seitdem hasst Natsuki ihn.

Ich bin hier, um euch zu unterstützen!

... und du ihr wütend zur Rettung geeilt bist ...

Pass auf!

Was?

Und um euch zu beobachten!

Als ich mich an Momo rangemacht habe ...

Hier haben wir früher auch oft gepicknickt!

Ist das schön!

Du magst Pferde, oder?

Freu

All die Erinnerungen ...

Freu

Ja, und wie!

Ich freu mich auch aufs Reiten später!

... lässt alles so rein wirken.

Träum

Träum

Träum

Die sanfte Atmosphäre des Waldes ...

Ob er mich hergebracht hat ...

... damit wir eine kurze Verschnaufpause von all den sinnlichen Spielen bekommen?

Dank der Sonne dürfte es hier ...

... warm genug sein.

TSCHILP

TSCHILP TSCHILP

Wa...

Raschel

Warte mal, Natsuki!

Raschel

Was ...

... machst ...

KLICK

KLACK

?

Komm ...

... zu mir.

?

Okay!

Du kannst
mich doch
nicht ...

... mitten
im Wald
ausziehen!

Was hast
du damit
vor?!

Hm?

SEIL

Aber
du wirst
doch ...

... nicht
...

An solchen
öffentlichen
Orten kann
man auch Sex
haben.

Was
?!

He he ...

Wunder-
schön ...

Wie eine
Fee.

Ich weiß nicht ...

Habe ich vielleicht etwas total Seltsames gesagt?

ZUPP

AH!

ZUCK

Bestimmt bereite ich ihm damit nur unnötige Mühe!

STARR

Wenn er meint, dass ...

... mein Körper erst trainiert werden muss ...

Brav ...

Brav ...

Hah ...

AH!

RUTSCH

RUTSCH

Ich weiß nicht ...

Sonst hält er mich bestimmt für uninteressant.

Uh ...

Aber jetzt kann ich nicht mehr zurück.

Ob ich ...

Was soll ich tun, Natsuki?
Ich will für immer mit dir zusammen sein und das erste Mal mit dir erleben.
Aber ich will dir auch nicht zur Last fallen.
Zitter
Zitter
Oh Mann ...
Das macht mir viel zu viel Spaß!
Hah ...
Hah ...

Sein Sklave also?

Hm ...

Irgend- wie aufre- gend ...

Ich war noch nie jemandes Sklave!

Aber als sein Sklave würde ich gern ...

... mehr für die beiden tun ...

... als einfach nur Wache zu schieben.

DIE WERTE LADY LÄSST SICH GERN ... BAND 4 – ENDE

Autorenkommentar

Monaka Morinaka

Vielen Dank, dass ihr Band 4 in die Hand
genommen habt! In diesem Band begeben
sich Natsuki und Momoko auf eine Reise nach
Europa. Hin und wieder gerät Momoko in
brenzlige Situationen, aber glücklicherweise
passt ihr geliebter Mann auf sie auf. Haruichi
hat auch einen kleinen Auftritt, aber jetzt,
wo er geläutert wurde, wird er den beiden
bestimmt nicht mehr in die Quere
kommen. – Viel Spaß!

Die werte *Lady* lässt sich gern
den *Hintern* versohlen

TOKYOPOP GmbH
Hamburg

TOKYOPOP
1. Auflage, 2023
Deutsche Ausgabe/German Edition
© TOKYOPOP GmbH, Hamburg 2023
Aus dem Japanischen von Christopher Derbort

OJOSAMA WA OSHIOKI GA SUKI Vol. 4 by Monaka MORINAKA
©2019 Monaka MORINAKA
All rights reserved.
Original Japanese edition published by SHOGAKUKAN.
German translation rights arranged with SHOGAKUKAN
through The Kashima Agency.
Original cover design: Kanai Design Room

Redaktion: Sabine Scholz
Lettering: Vibrant Publishing Studio
Herstellung: Alina Kronenberg
Druck und buchbinderische Verarbeitung:
CPI – Clausen & Bosse GmbH, Leck
Printed in Germany

Wir achten auf die Umwelt.
Dieses Produkt besteht aus FSC®-zertifizierten
und anderen kontrollierten Materialien.

ISBN 978-3-8420-8357-8

ShoCo Cards

ShoCo Card steht für SHOJO **Co**llectors Card.

Seit April 2014 erscheint jeden Monat ein neuer SHOJO Top-Titel, dem in der Erstauflage eine ShoCo Card zum Sammeln beiliegt. Außerdem erscheinen zwischendurch auch ganz spezielle ShoCo Cards – wie zum Beispiel die Halloween ShoCo Card im Halloween Pack von Scary Lessons!

Die Vorderseite ziert eine hübsche Illustration zum jeweiligen Manga und auf der Rückseite findest du einen Steckbrief und Infos zu der entsprechenden Mangaka.

Auf dieser Seite erfährst du, in welchem Manga die begehrten **ShoCo Cards** beiliegen und in welchem Monat sie erscheinen. Aber beeil dich, wenn du alle Karten sammeln möchtest: Nur in der Erstauflage sind die Karten enthalten!

Alle   ShoCo Cards

Januar 2021: Check Me Up!, Band 01

Dezember 2020: Die Geschichte vom Untergang unserer Liebe, Band 01

November 2020: Lovesick Ellie, Band 03

Oktober 2020: Verliebt in die Nacht, Band 01

November 2020: Ein Kuss reinen Herzens, Band 01

Oktober 2020: Do something bad with ...

Interviews, Fanart, ShoCo Card Übersicht und noch vieles mehr erwarten euch!

Drei hübsche Schuber mit Wechselcover!

Die i♥Kayoru Box 3 enthält:
*Die Blüte der ersten Liebe
Zusammen mit Dir
Leuchtend wie Yukis Liebe*

Entdecke jetzt die Einzelbände von Kayoru!

Die i♥Kayoru Box 1 enthält:
Du + Ich = Wir
Ich hab dich stets geliebt
Blutige Liebe

Die i♥Kayoru Box 2 enthält:
Ballerina Star
Eine reizende Braut
Verrückt nach Erdbeere

Austauschbare Inlays!
Gestalte die Schuber, wie sie dir am besten gefallen!

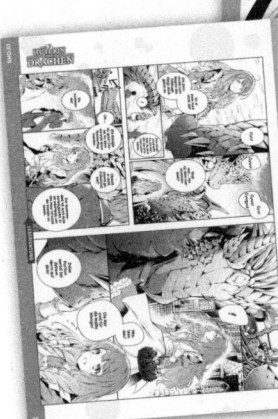

SIRUPSÜSSE SÜNDE

Kayoru

Nur eine Wette oder doch die wahre Liebe?

Kaede ist ein Playboy, wie er im Buche steht! Da er ständig auf der Suche nach neuen Abenteuern ist, wetten seine Kumpel, dass er es nicht schafft, Tsukiko ins Bett zu kriegen – ihre 27-jährige Englischlehrerin! Diese ist immerzu bemüht, die perfekte Frau zu verkörpern, doch in Wahrheit ist sie eine totale Chaotin und trinkt gern ein Glas zu viel. Ob Kaede ihre schlechten Angewohnheiten ausnutzen wird, um sie ins Bett zu kriegen?

www.tokyopop.de

ZUM GLÜCK BEI DIR
Rika Enoki

Priester, Nachbar, Herzensdieb!

Die 16-jährige Yae zieht für ein ganzes Jahr von Tokyo aufs Land. Schon am ersten Tag in ihrer neuen Heimat begegnet sie einem charmanten Mann namens Oda, der sich nicht nur als Priester des örtlichen Schreins, sondern auch als ihr Nachbar herausstellt! Um Yae den Einstieg in ihr neues Leben zu versüßen, bietet er ihr seine Hilfe und sogar einen Job als Schreinmädchen an. Yae ist Oda sehr dankbar, doch schnell wird ihr bewusst, dass er mehr von ihr will ...

www.tokyopop.de

BLIND VOR LIEBE

Mio Mamura

Antrag auf den ersten Blick

Sena hat es wirklich nicht leicht! Während ihre Mitschülerinnen ihr Leben an der Highschool genießen, arbeitet sie nebenher als Reinigungskraft, um den Schuldenberg ihres Vaters abzubauen. Als sie in einem Firmengebäude auf den jungen Chef des Unternehmens, Kei Ogasawara, trifft, macht der ihr augenblicklich einen Heiratsantrag. Ein Schock! Doch er bleibt hartnäckig und zieht sie immer weiter in seine High-Society-Welt hinein. Könnte es sein, dass sie ihn schon länger kennt?

www.tokyopop.de

SEXY SHORT STORIES

Ai Hibiki

»Ich wusste gar nicht, dass du so sexy bist!!«

Aki ist schon seit Langem in ihren Kindheitsfreund Hayato verliebt. Plötzlich bietet sich für sie die Möglichkeit, in seinem neuen Filmprojekt die Hauptrolle zu übernehmen. Es handelt sich allerdings um einen erotischen Kurzfilm! Ist das endlich die Gelegenheit, sich Hayato von einer anderen Seite zu zeigen und ihn womöglich zu verführen? Fünf süße, erotische Kurzgeschichten über die Liebe, Lust und Leidenschaft aus der Feder von *Dein Verlangen gehört mir*-Autorin Ai Hibiki!

www.tokyopop.de

UNWIDERSTEHLICHER S
Ai Hibiki

Ich werde eine vorzügliche Liebhaberin!

Da ihr Vater hoch verschuldet und die Mutter sehr krank ist, beschließt Miku ihre Familie aus der finanziellen Notlage zu befreien. Sie will sich einem reichen Verwandten als Mätresse anbieten, wird jedoch bereits an den Toren des Anwesens vom Butler abgewiesen, da sie zu unerfahren sei. Was Miku an Kenntnissen in Sachen Liebe fehlt, gleicht sie jedoch mit Hartnäckigkeit aus. Und so muss sie sich ausgerechnet von dem gut aussehenden Butler Sogo »Liebesunterricht« erteilen lassen, um die Position der Liebhaberin zu ergattern ...!

www.tokyopop.de

KÜSS MICH RICHTIG, MY LADY

Kayoru

Liebe, Luxus, Leidenschaft

Nene weiß, was sie will, und sie bekommt, was sie will. Vor allem von Sakuma, ihrem persönlichen Butler. Schon als Nene ein kleines Mädchen war, las er ihr jeden Wunsch von den Augen ab. Auf die Erfüllung eines bestimmten Wunsches wartet Nene jedoch vergeblich: eine romantische Liebeserklärung. Als Nenes Vater plötzlich mit einem Verlobten für sie vor der Tür steht, fasst sie einen Entschluss: Wenn sie jetzt schon die Rolle einer Ehefrau ausfüllen soll, dann bitte vorbereitet! Und kein anderer als Sakuma soll sie dabei anleiten ...

www.tokyopop.de

LIEBE KENNT KEINE DEADLINE!
VERRÜCKT NACH EINEM MANGAKA

Kayoru

Verführerisch-freche Highschool-Lovestory à la Kayoru!

Ichika, hübsche Tochter aus reichem Hause, scheint das Sinnbild der perfekten Schülerin zu sein. Was jedoch kaum jemand weiß: Sie ist ein leidenschaftlicher Otaku und gibt sich in ihren Tagträumen schönen Mangahelden hin. In die Realität holt sie der Rowdy Subaru zurück, der sie nach einem Streit plötzlich verschleppt und sich kurz darauf als ihr Lieblingsmangaka vorstellt ...!

www.tokyopop.de

DEINE TEUFLISCHEN KÜSSE

Kayoru

Teuflisch-süße Highschool-Lovestory à la Kayoru!

Als Mokas Vater seinen Job verliert und die ganze Familie plötzlich kein Dach mehr über dem Kopf hat, kommen sie dank **Mokas Klassenlehrer Herrn Onimiya**, Spross einer reichen Unternehmerfamilie, an eine günstige Wohnung. Auf Geheiß ihrer Verwandten soll Moka allerdings bei ihrem Lehrer wohnen – in der Hoffnung, dass sie sich verlieben und später heiraten. Doch der geliebte Lehrer ist in Wirklichkeit ein Teufel, der sie bei jeder Gelegenheit schikaniert ...

www.tokyopop.de

BITE MAKER
Miwako Sugiyama

Der erste Shojo-Manga im Omegaverse!

Mit den Genen eines Alphas und einzigartigen Fähigkeiten aus-
gestattet, liegt dem smarten Nobunaga das Tokyo der Zukunft
zu Füßen. Ein Los, das nur einer von 100.000 Menschen zieht!
Obwohl er scheinbar alles haben kann, verzehren sich sein Körper und Geist nur nach einer Person: einer Omega. Auch das
Leben der hübschen Noel wird von der Sehnsucht geprägt. Wie
gern würde sie ein ruhiges Dasein als Beta führen. Als sie jedoch
per Zufall auf Nobunaga trifft, begreift sie, wie sehr ihre Gene ihr
Schicksal bestimmen ...

www.tokyopop.de

DEIN VERLANGEN GEHÖRT MIR

Ai Hibiki

Nichts als Sex im Kopf!

Frauenheld Mahiro und Musterschülerin Rei leben durch die Heirat ihrer Eltern ab sofort unter einem Dach! Da Mahiro hobbymäßig in jeder freien Minute mit Mädchen zusammen ist, zieht er sich den Zorn von Rei zu, die ihn deswegen offen kritisiert. Dafür will er sich rächen, doch damit nimmt das Unheil seinen Lauf, denn jetzt lässt Rei ihm keine ruhige Minute mehr ...!

www.tokyopop.de

DO SOMETHING BAD WITH ME

Haru Aoi

My Bucket List of Love

Wer Hilfe benötigt, ist bei Musterschülerin Towako bestens aufgehoben, denn sie ist freundlich, ordentlich und hilfsbereit. Vorausgesetzt man ist ein Mädchen, denn Towakos Hass auf Jungs ist schulbekannt! Gerade frisch an der Highschool, lernt auch der hübsche Yui ihre kühle Art kennen. Als ihm Towakos Notizen in die Hände fallen, erfährt er ihr Geheimnis: Nur zu gern würde sie mit einem Jungen unanständige Sachen machen ...

www.tokyopop.de

CHECK ME UP!

Maki Enjoji

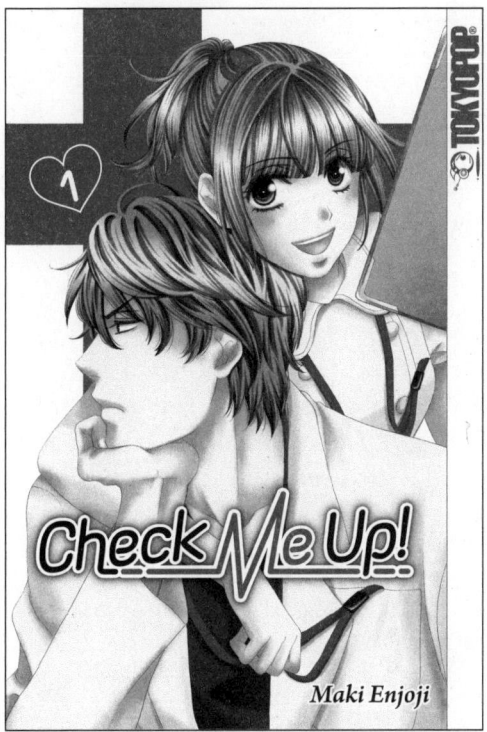

Diagnose? Liebe!

Als Nanase gemeinsam mit dem jungen Arzt Dr. Tendo das Leben einer alten Dame rettet, ist es um sie geschehen: Diesen attraktiven Helden muss sie wiedersehen! Sie schlägt die Laufbahn der Krankenschwester ein und landet sogar in derselben Klinik wie Dr. Tendo! Doch die Begegnung verläuft anders als gedacht. Statt auf einen charmanten Arzt trifft sie auf einen dämonischen Mediziner, dem die Kollegen wegen seiner ruppigen Art aus dem Weg gehen. Nanase lässt sich jedoch nicht einschüchtern und bietet ihm mit frechen Sprüchen die Stirn!

www.tokyopop.de

STOPP!

**Dies ist die letzte Seite des Buches!
Du willst dir doch nicht den Spaß verderben
und das Ende zuerst lesen, oder?**

Um die Geschichte unverfälscht und original-
getreu mitverfolgen zu können, musst du es
wie die Japaner machen und von rechts nach
links lesen. Deshalb schnell das Buch um-
drehen und loslegen!

So geht's:

Wenn dies das erste Mal sein
sollte, dass du einen Manga
in den Händen hältst, kann dir
die Grafik helfen, dich zurecht-
zufinden: Fang einfach oben
rechts an zu lesen und arbeite
dich nach unten links vor.
Viel Spaß dabei wünscht dir
TOKYOPOP®!